JN437715

바람의 실체

김재용
1957년 6월 23일(음) 경북 성주 출생
2021년 중앙시조백일장 시조「빈집」장원
2021년 고산문학대상 시조「민달팽이 길」신인상 당선 등단
한국시조시인협회 회원
jyonglife@naver.com

바람의 실체

—

초판 1쇄 2023년 4월 10일
지은이 김재용
펴낸이 김영재
펴낸곳 책만드는집

—

주소 서울 마포구 양화로3길 99, 4층(04022)
전화 3142-1585·6
팩스 336-8908
전자우편 chaekjip@naver.com
출판등록 1994년 1월 13일 제10-927호

—

ISBN 978-89-7944-831-3 (04810)
ISBN 978-89-7944-354-7 (세트)

책만드는집 시인선215

바람의 실체

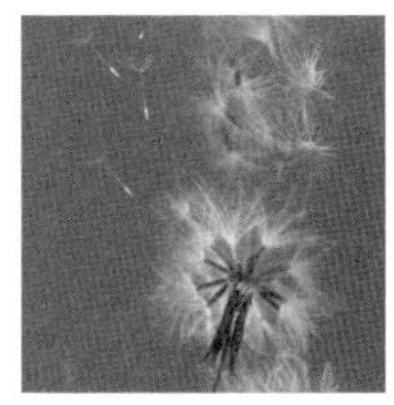

김재용 시집

책만드는집

| 서시 |

시조

동구 밖 배회하는

나 닮아 삐딱한

달

외계를 떠돌다가

가는 길

잃었는지

기어코

따라와서는

창가에서 웃는다

2023년 봄
김재용

| 차례 |

2부 서울의 달

3부 민달팽이 길

4부 바람의 실체

5부 물의 지문

1부

빈집

성밖숲*

물난리 모난 풍상에 잦바듬한 왕버들
응어리진 가슴마다 바람구멍 숭숭 나
무시로 휘청거리는
허리를 부여잡고

제 살을 도려내는 삐걱대는 무릎 관절
호미 닮은 어무이 큰 짐 지신 아부지
뒷모습 아른거려서
성 밖을 서성인다

저토록 서슬 빛으로 별만큼 많은 날을
깊은 상처 보듬고 굳건히 버티고 선
변방을 지키던 장수
입성할 날 손꼽는다

* 성밖숲: 경북 성주군 성주읍 경산리, 조선 중기 풍수지리설에 따라 조성된 왕버들 숲.

목련꽃 이력서

소소리바람 속에 목련꽃 부푼 망울
꿈속의 운필로도
벙그는 이월이면
이력서
꽃으로 피는
아닌 봄의, 봄날

언제쯤 내걸릴까, 집 앞의 목련 등불
불티나는 개화의 꿈
달집처럼 환한데
꽃으로
피어야 한다
젊음의 숱한 이력

서리서리 묻었던 스물 서른 몽우리들
이 봄엔 너나없이

도도록 피어야지
옥탑방
쪽빛 창가에
개밥바라기 짙푸르다

상강霜降

국화주 담그시는 구절초 시린 허리

은비녀 머릿결에 서리 내린 어머니

모두가

잠든 새벽녘

맨발로 오시었네

남장사南長寺 이백기경도李白騎鯨圖

그날 밤 달 이슬에 만취해 꿈속에서
잔 권하던 이백은 채석강에 입수하고
혼자서 어리석음에 오늘까지 취해 있다

취한 나를 깨우러 남장사 가는 길에
발가벗은 벚나무 산통 끝에 봄을 낳고
석장승 낮술에 취해 장진주 읊조린다

일주문 발목 잡고 왜 왔냐는 호통에
극락전에 백팔배 했는지 말았는지
취중에 이백기경도 알현하니 술이 깬다

취기는 간곳없고 선정에 든 모습으로
경황없다, 잉어 타고 달을 찾아 떠난다
그물에 걸리지 않는 천의무봉 바람처럼

소풍 가는 날

초겨울 이른 새벽
는개는 내리는데

서촌댁 소풍 간다
애들처럼 우기네

잡는 손
뿌리치고는
소풍길 재촉하네

복사꽃 닮은 얼굴
국화 속에 숨었네

젊어진 모습으로
좋아라, 웃으면서

영천 장
콩 팔러 가신
서방님 따라가네

빈집

열대성 저기압이 머물고 간 며칠 사이
독박 보초 서다 말고 돌아앉은 대문짝
대물린 항아리 서넛 속내 다 드러냈다

옴팍한 마당 가득 개망초꽃 무성한데
부엌문 열어젖히는 허기진 바람 한 점
뚜껑은
온데간데없이
무쇠솥에 고인 문득

내소사

곰소항 바닷물은 물인 겨 소금인 겨
맙소사 천만 겹 강이어라 바다여라
거시기
끝내 못 봉께
퍼질고 앉았어라

변산은 반도 못 가 똥섬서 비 맞으야
목련꽃 한 잎 두 잎 시주허듯 흩는 참에
사천왕
당최 낯개리듯
노발대발 혀쌓네

허벌나게 비가 와서 절간에 깃들있지라
스님은 염불 않고 선禪 잠에 드셨능가
전나무
불경 왼다고
떼로 서서 궁시렁대야

호미

처연한 손끝에선 언제나
풀꽃 냄새

희망의 씨앗 하나
깊숙이 간직하고

갈라진
밭고랑 같은
어미 가슴 후벼 판다

홍시

꽃 피고 진 자리에 작은 별이 열렸다

태풍이 후려쳐도 결코 손 놓지 않았다

동짓달 까치 울던 밤 종적이 묘연했다

신라 와인瓦人

햇살 가득한 봄날 가마 타고 시집와서
슬플 때나 기쁠 때도 일생의 애증으로
남몰래 눈물 흘리는 한결같이 많은 날

가랑비 맞으면서 덕지덕지 분 바르고
나지막한 처마 끝 망각의 덫에 걸려
천년을 이렇게 산다, 실없이 웃으면서

금호범주*

화담마을 어귀에서 오롯이 발 묶인 배
물기 마른 입술은 한 열흘 파리하다
하고픈 말은 많아도 들어줄 사람 없어

꽃 이야기 뚝, 끊어진 강둑길 언저리에
그 사연 고스란히 녹화하는 왕버들
영사기 낡은 필름에 불현듯 지나가는

작달비 내리던 날 밤 내 배 타신 당신은
하신 약속 어느새 강 건널 때 잊었는지
뱃속 다 드러난 강물에 종이배 하나 없다

* 금호범주琴湖泛舟: 서거정의 '대구 10경' 가운데 제1경 금호강 뱃놀이를 읊은 칠언절구.

아버지 가방

아버지 동반자다 입 무거운 가족이다
한숨도 만능열쇠도 한가득 받아 들고

언제나 똑같은 표정
나들이 동행한다

별 보는 출근길도 팔짱 끼고 따른다
녹록한 촉탁 직장 풀 죽은 퇴근길엔

가슴 속 막걸리 한 병
약처럼 품고 있다

목어

한때는 시詩의 혁명 꿈꾼 적 있었겠지

바람이 불 때마다 나뭇가지 부여잡고

둔탁한 소리를 내는 속이 꽉 찬 통나무

백도 줄도 없었지, 벗겨낼 가죽조차

장군도 순교자도 아닌 나약한 시인이라

혁명은 심장에 있다 일깨우는 타악기

걸어서 닿지 못할 머나먼 혁명의 길

오롯이 몸을 비워 공명통이 된 켓 띠*

그 노래 별빛이 거두어 우주에 흩뿌렸지

* 켓 띠Khet Thi: 1976~2021. 미얀마의 저항 시인. '혁명은 심장에 있다'라며 미얀마 쿠데타를 반대하던 켓 띠는 군부에 끌려가 심장을 비롯한 장기가 모두 제거된 채 싸늘한 시신으로 돌아왔다.

은적사隱寂寺

은둔의 나를 깨워 한적한 숲에 들면 비자나무 몇 그루 주인인 양 막아서네 텅, 비어 가득 넘치는 염불 소리 적막한데

비로자나불 멍하니 묵언수행 여념 없고 하안거 드신 주지승 기다리다 지쳤는지 구렁이 길게 목 빼고 와불처럼 누웠다

미궁

책 속의 미로 따라 끊긴 길 이어 간다
자간과 행간 사이 꽁무니 빼는 활자
낱말을 떨치고 나와 미지를 탐닉한다

틀에 박힌 자세로 달문으로 이르는 길
여명은 흐린 문장에 침삭하는 반복소인
슬며시 얼러방치는 게발글씨 가량없다

길을 잃고 물레걸음 주책없이 하동대는
길나장이 뭉게구름 강물 속에 노니는데
내 갈 길 찾지 못하고 여태껏 책에 있다

2부

서울의 달

곶자왈을 읽다

한 움큼 뭉게구름 머리맡에 걸어두고
넌출넌출 땀에 젖은 눈물 어린 촉수로
하얗게 잊어버렸던 유년을 거슬러 간다

오름의 숨비소리 처음으로 듣던 날
슬프고도 허기진 남루한 옷을 벗고
숨겨진 나를 위하여 은밀하게 길을 낸다

변하지 않는 것은 대를 이은 가난처럼
아무리 손을 뻗어도 맨주먹과 빈손뿐
상처는 숨길 수 없이 파근한 슬픔인데

온전히 쓰지 않은 희디흰 발목으로
한 번도 가보지 않은 울퉁불퉁 가시밭길
저미는 아픔을 딛고 맨발로 길을 간다

쇄석술

목 달아난 불상을 다듬던 거친 손길
제멋대로 굴러와 길을 막는 용바우
돌덩이 선잠 깨우는
눈먼 석공의 무딘 정

돌 북을 두들기면 공명이 생기는지
갈라진 틈새마다 꿈틀대는 돌 속 핏줄
만년필 마른 촉 끝에
잉크로 스며든다

엉개벙개주식회사

알전등 흐리멍텅한 서서집 미어터졌슈

벙개시장 끝자락 밤잠 설친 취업 백수 구질구질 비 오는 날 엉개벙개 벙개번쩍! 칠칠공사 빼끼통 목수 시다바리 미장이 데모도 도끄다이 뺀지리 가납사니 이가네 목쉰 막걸리 목구멍에 물꼬 트면 장다리 곁 절이 이모님 홍 사장 방수공사 부실해서 시도 때도 없이 비 온다며 부추전에 간 맞추고 흰소리 오줌발도 덩달아 비 오는 흉내 내고 풍년거지 가불 인생 주전자 꼭지에 용두질 가보잡기 대두리판 가오리흥정 도루묵 엉개벙개 가부시끼 주주총회 한창인데 불쑥 칼퇴근하라! 자바라 문 철커덕 닫히면 그 틈에 끼지 못한 난,

빗물에 발목 적시며 간판처럼 서 있슈

서울의 달

자꾸만 오르는 일로 숨이 가빠옵니다
수평을 간구하는 마을버스 안에서
자그시
여망에 기대
살짝 잠이 듭니다

내릴 곳 지나치고 두 정거장 걷습니다
정릉골 달동네 길 승진하듯 오르는 계단
저 달도
숨이 차는지
헐떡이며 따라옵니다

달마산 미황사에도 보름달이 떴겠지요
부도암 현공 스님 찻물 곱게 우리시어
꿈결에
헤벌쭉 웃는
내게 차를 권하시네요

징검다리

왜가리 왼발 들고 갈까 말까 망설이는

휘어진 등 추스르며 걸어온 아버지 길

단절의 강을 건너는 비정규직 출근길

벗

외로움 지병으로 안고 사는 너와 나

손끝에서 사라지는 무기명 채권 같은

공수표 남발하고도 어깨동무하는 너

시간의 흔적

비우고 채워대는 그 끝자락 문문하다

허공에 난 징검다리 댓돌에 걸터앉아

발그레 달빛에 취해 슬며시 껴안는다

은둔의 덫에 걸린 물러터진 빛과 어둠

변죽에 지나지 않는 고요를 일깨운다

체념이 켜켜이 쌓인 침묵이 뒤척인다

휘청거리다 놓아서 내 갈 길 가려는데

없는 말 내뱉고 있는 무책임한 회오리

천만 겹 가파른 절벽 비바람 풍타낭타

볼링하다

둥글둥글 살아도 애먼 매 맞고 사네
한 번 발을 헛디뎌 수렁에 빠지는 날

빈자리 채울 수 없는
사람과 사람 사이

얻어맞아 넘어지고 제풀에 자빠져도
쓰러져도 최후에 뒹굴어야 갈채라니

꼿꼿이 버티고 섰다
개밥에 도토리 신세

우르르 몰려다니면 나 혼자 쓸쓸하네
한 방에 스트라이크 퍼펙트를 위하여

저만치 가던 녀석이
허둥지둥 내게 오네

병목현상

오늘도 그녀는 끝내 동행을 거부한다
출근 시간 다가와도 대로를 막고 있다
대문을
활짝 열고서
그녀를 기다린다

다이어트 실패했나 냉담한 반응이다
뚱뚱하다 놀리고 구박한 내 탓일까?
몇 번을
통사정해도
그녀는 묵묵부답!

녹색 신호 핑계로 유명 셰프 코스 요리
야채 맛이 없다며 외식해도 투정이다
통근차
이미 놓쳤다,
그녀는 소식 없다

작두 타는 여자

'손가락에 장을 지진' 무희들 춤을 춘다
가로수 낙엽처럼 가짜 뉴스 양산한다
불현듯 하양 나비를
뜬금없이 낳았다

깊은 밤 철없는 나비 격랑의 두둑 위를
꽃밭인 양 나풀나풀 날갯짓 저어 간다
촛불은 파도 끝에서
어깨춤 덩실덩실

광장 가득 신병 앓는 만신들 모인 굿청
새끼줄 끝 모르게 큰 대문에 걸려 있고
그 줄에 날개 젖은 나비
맨발로 작두 탄다

학이시습學而時習

오체투지 토룡 선생 맨땅에 문제 낸다

학 샌님 갸우뚱하다 크게 몇 번 절하고

창공에

큰 획 긋는다

구름 경전 설파한다

블랙커피

어두운
너를 풀면 왔던 길 되짚어가듯
들숨 날숨 가쁘게 회돌이 치는 심연
일상을 벗어나려도
민감 둔감 난감한 밤

아무도
가지 않는 존재하지 않는 길
모호한지 명확한지 속내까지 다 읽고
머리를 풀어 헤치고
허물어진 상념의 성

헤아릴
수 없이 많은 어둠을 쓰다듬어
짙을수록 홀연히 눈부시게 다가와
자신을 잠재우지 못해
출렁이는 검은 바다

출근길

붐비는 이른 아침 외곽 도로 한복판
말쑥하게 입은 까치 출근길 재촉하네
근면한 가장일 거야
부양가족 많이 딸린

달리는 자동차들 바쁘다 외면하고
기우뚱 갸우뚱 질주하는 화물차
이제는
날아야 한다
날개를 펴는 순간

AI 인기 귀농일기

해가 뜨는 날이면 드론 드론 뜨는 인기
경로당에 불려 갔다, 첫 대면에 불계승

동네가
확, 뒤집혔다
바둑판도 할배도

십팔 급 열 명 모여도 당해낼 장사 없다
안 하는 일 있어도 못 하는 일 없는 인기

어느새
방울토마토
방울방울 슬어놓고

노는 데 천재라고 농사일 못한다나
철없다 수군대도 동네 인기 독차지다

장가는
언제 드는지
처녀들 애태운다

통영집

추적추적 비 오는 날 부추전 반값이다

말본새 격조 따라 외상술도 무한 리필

대폿집 텅텅 비었다, 장대비 야단법석

3부

민달팽이 길

영암사지에서

아무것도 할 수 없는 무명초들 해만한데
귀부 한 쌍 쉴 새 없이 법당 터 지키느라
무거운 짐 벗어놓고 제자리걸음 한창이다

아물지 않은 상처로 석등 든 쌍사자는
지우고 싶은 날들 고스란히 드러나서
오래전 불 꺼진 석등 내려놓지 못한다

흐트러진 자세를 곧추앉은 삼층석탑
건들장마 건들건들 무지개다리 밟고
한때의 영화로움을 돌이끼에 새긴다

아무것도 볼 수 없어 목 빠진 당간지주
산마루 넘는 중생 손짓하다 지쳐 눕고
인연의 끈 내려놓은 옥심기둥 줄통뽑다

석류꽃 피다

노을에 젖지 않아도

강물은 불그레했다

적군도 아군도

설운 피톨 꽃이 폈다

총소리

들리지 않아도

피가 나는 유월 저녁

달마산

바장이다 비로소 무거운 짐 벗어놓고
자박자박 걸어온 굴곡진 내 발걸음
밤 깊어 닿지 못하는 얽히고설킨 인연

채워지지 않는 욕심 부풀어 오르는 산
닿을 듯 닿지 않는 멀어서 아련한 별
갈피를 잡지 못하고 너덜너덜 걷는 길

있는 듯이 없는 길 없는 듯 있는 암자
허공에 몸을 기대어 두둥실 떠 있는 달
도무지 찾을 길 없는 길들이 엉겨 있다

공항교 아래서

비행기 그림자에
머리를
들이민다

격납고 갇힌 꿈들이 날개를 달았는지

오늘은
날아오른다
비행편대 저 윷가락

민달팽이 길

등짐도 카라반도 준비도 없는 여정
낡고 해진 신발로 돌아갈 길 지우며
주름을 잡고 걷는다, 주름을 펴며 간다

숱한 날을 태워도 추위만은 그러안고
덤불 속 헤쳐 나온 낮달을 보며 걷다
세상의 한복판에서 발걸음 질척거린다

구부러진 햇살을 그냥 볼 수 없었지
보송한 흙의 알몸 맨발로 탐한 죄로
술 취해 비틀거리는 허공을 걸어간다

비워도 비워도 슬픈 풀물이 들 것 같아
내 작은 집을 그리며 속울음 꾹 삼키고
바람의 모난 등 밟고 나의 길을 만든다

그림자

함부로

나는 너를

버릴 수 없다는 걸

꿈속에도 잊지 않고

네 곁에 잠이 든다

내 삶의 음지에서도

햇살처럼

오는 너

멀다

뿌연 김 앞을 가린 급식소 구석 자리
어깨로 국밥 먹는 얼굴 없는 저 남자
진하게 우러난 사발 핏줄보다 느껍다

어슴푸레 흐린 눈 빌딩 숲에 길을 잃어
실금 간 안경 너머 서슬처럼 날이 선 밤
눅진한 타인의 온기 잔술로 넘어온다

조간을 깔아뭉개니 석간은 하마 식어
벗어날 꿈을 꾸어도 눈멀고 귀먹는지
시신경 곤두세운 채 망막 안개 닦는다

물에 빠진 새병이*

내성천엔 물, 고기와

친구랑 모래뿐이다

발가벗고 쉬리 쫓다

모래 옷** 입는 냇가

새병이 물에 빠졌다

수구리*는 숨이 차다

* 새병이, 수구리: 수몰된 내성천 마을.
** 모래 옷: 알몸에 물고기 쫓다 난처한 일 생기면 모래밭을 뒹굴었다.

어느 과수원 풍경

헐티 넘어 지슬리 사과 익는 가을이다
육 남매 새집 지어 깨 볶고 살아가고
농익은
엄니 아부지
둘이서 사과 따다가

아들 삼 형제한테 순서대로 전화 건다
젤 먼저 큰아들께 "과수원 팔아뿔란다"
"아부지"
아버지의 '지' 자가
끝나기 전 뚜뚜뚜

다음엔 둘째, 셋째, 차례대로 똑같은 말
따던 사과 팽개치고 무작정 집에 간다
다음 날
사과나무엔
육 남매가 열려 있다

불후의 명작

철딱서니 없는 가을 그림 연습 한창이다

무턱대고 노랑 빨강 물감 마구 낭비하고

바람에 훅, 날려버릴 지폐만 그려댄다

새벽으로 저무는 달

미인의 눈썹으로 쪽빛 하늘 찢어졌네
어쩌나 덜퍽지다, 수밀도 같은 속살
민낯이 부끄러운 듯 배시시 웃음 짓네

빈 들녘 홀로 지키는 허사비 놓친 풍선
돌보는 이 없는 폐가 불면으로 지새운
의지할 곳 없는 허공 건몸 단 풍찬노숙

낯익은 쪽 찐 머리 어허둥둥 버선 한 짝
굽은 등 젊어지고 사부자기 어디로
기우네, 막무가내로 새벽으로 저무네

봉화 북지리 석조반가상

제 몫을 다하지 못해

허물어진

나의 허리

떠남과 머묾

여
백

반가로 사유할 때

환지통

앓는 어깨에

낙엽 한 장 보시한다

닭대감

광한루 월매집에 벼슬 높은 대감 있네

성깔머리 양반 같네, 처음에는 반기다가

춘향이 보러 왔다니 육두문자 쪼아댄다

맨발

허황한 욕망에서 깨어나지 못하고
애써 외면하려 해도
고요 속에 홀로 남아
저무는
햇살을 밟고
달마고도 걷는다

뻔하고 평범한 일상 따분하고 지루해
도시 속살 엿보다가
매번 같은 실수로
한 번도
가보지 않은
천년 숲길 헤맨다

어처구니가 없어도 질문조차 하지 않아
도움 되지 않는 짐을

스스로 걸머지고
새벽이
단잠 깨우는
땅끝에서 길 찾는다

찔레꽃

보리 익는 들녘에 뻐꾸기는 울었네
찔레꽃 쳐다보고 하늘 한 번 올려 보고
어머니 이사 가던 날 울지도 못했다네

보리 익는 재 너머 소쩍새는 울었네
무덤가 한 무더기 흐드러진 찔레꽃
무명옷 어머니 향기 온 산에 그득하네

4부

바람의 실체

길쌈

베 짜는 젖가슴에 쇠불알 덜렁덜렁
서늘한 품을 지닌 거침없이 손놀림
긴 밤의
사연 한 가닥
알몸으로 톺았어예

어린 나이 들숨 가닥
시집와서 날숨 가닥
바람과 한 몸 되어 이어온 실오라기
한恨 풀 듯 술술 풀리는 목을 감는
거미줄

졸린 눈에 씨줄 날줄 올곧은 피륙의 삶
한 올 한 올 한을 엮는 쫓겨난 아라크네
허기진
한판의 승부
베틀이라예, 배틀잉교

첨성대

단아한 치맛자락 다소곳이 여미고
부드러운 곡선에 감춰진 그 자태는
화랑의 기개에 반한
묘령의 여인입니까

별똥별 하늘 가득 뒤덮는 소나기도
해를 삼킨 만월도 덕만의 지귀만가
노래로 다독여 재운
서라벌 여인입니까

일월성신 왕경을 젖가슴에 물리고
구천을 우러르며 누천년 이어나갈
별만큼 하늘 톺아본
화랑의 여인입니다

불면

또르르, 진주알 같은

그 순결한 밤이다

기억 기억

하나하나

자작자작

타는 밤

상념을

머금은 눈발

자작 숲에 쌓인다

바람의 실체

그녀의 긴 꼬리를 봤다는 구름의 말
체온을 느꼈다는 나뭇잎의 증언들
분명한
거짓말이거나
믿을 수 없다는 것

어리석은 마음에 간직한 변장술로
사내의 텅 빈 가슴 가득히 채우는
그녀의
배경은 아직
누구도 모른다는 것

강철을 녹여내는 뜨겁고도 찬 손길
부드러운 속삭임 앙칼진 손톱자국
도무지
믿을 수 없는
여기는 허공인 걸,

엉덩이 학문학

대문은 넓고 큰데 학문의 길 다급하다

학문과 회장실 문 노크해도 응답 없다

괄약근 실밥 터지는 카타르시스 학문학

녹우당 미인도

탁류에 젖지 않네, 연꽃 같은 고절한 상像
높은 산에 뜻을 두고 초야에 묻힌 몸
재능을 다 펼 수 없어 밀실을 뛰쳐나와

한 겹 한 겹 벗겨내면 가슴에 이는 불꽃
말라버린 연밥처럼 굳게 다문 작은 입
난제에 머리 아픈 듯 가체를 받쳐 들고

녹우당 백련지에 연꽃으로 피어나서
바람 불지 않아도 꽃잎은 흩날리듯
뭇 남성 뇌쇄시키고 바람결에 휩쓸리네

봄, 수채화

황사비 안개처럼 자욱이 내리는 날
아버지 짊어지신 태산 같은 나뭇짐
한 다발 활짝 웃는 꽃
거기 피어 있었지

꽃 먼저 차지하려 앞다퉈 달려가면
엄숙한 표정으로 감추신 꽃다발은
어머니 마음속에서
방긋 웃고 있는지

밤새 뭔 일 있었나? 집 안 가득 봄 향기!
꽃 닮은 어머니는 수줍음 많이 타고
칠 남매 아침 밥상엔
웃음꽃 만발했지

동백꽃 피는 이유

울지 않아도 눈물이
날 때가 있는 법이다

눈망울 글썽글썽
먼산바라기 애달프다

울어라
피눈물 뚝, 뚝,
흐노니 안다미로

오지게 열병 앓는
내 여인의 저민 가슴

이연異緣을 품은 꽃 몸
망울망울 상처구나

피어라

모가지 뚝,

뚝,

뚝,

떨어지는 날까지

비풍가悲風歌

산다화 지는 고개 요양병원 침대 난간
서부렁섭적 칠십 년 전 김밥 할매 피난길
손끝엔 봇짐만 덜렁, 코흘리개 간데없네

탯줄 같은 링거 줄 그 끝자락 더듬더듬
우리 아기 못 봤어요, 요만한 코흘리개
간병인 옷자락 잡고 애걸복걸 되묻네

쭈그렁 가슴을 열어 베갯잇에 물리고
아기인 양 자장자장 자장가 부르시며
어쩌다 되찾은 청춘 홍남부두 노래하네

허기진 다리 밑에 홍탁

짠 내 나는 영산강 허기진 나를 안고
미닫이 스륵 열고 간판 없는 집에 든다
허우대 멀쩡함씨렁 주둥이 닫앗뿐냐?

연통 달린 화롯가 바람벽에 붙은 메뉴
안주는 계절 따라 주인장 마음대로
손님은 내키는 대로 밥 먹든 술 처먹든!

덕지덕지 타일 붙은 부뚜막 같은 탁자
찌그러진 주전자 너저분한 홍탁 정식
곰삭은 욕쟁이 할미 말처럼 개미있다

남산골 초상肖像

맨발로 걸어온 길 시작도 끝도 없다
짊어질 바랑 짐도 은거할 집도 없다

풍파에 깔끔한 상호
너스래미 가뭇없다

소멸과 환생으로 한 걸음씩 옮기며
없는 팔 흔들면서 꿈 밖을 나서는 길

문지방 넘기도 전에
자꾸 발이 꼬인다

듣고 보지 못한 길 사문유관 유배 길
단애에 걸린 장삼 허름하고 초라한 몸

바위로 온전한 나는
정을 듬뿍 받고 있다

황태

싸라기별 하늘 가득 눈처럼 내리는 밤
한파의 높은 파고 고개 넘는 용대리
흙수저 움푹한 곳에
수수하게 담긴 눈

속엣것 다 비우니 텅 빈 하늘 가득 고여
잃었던 전설처럼 북명北溟의 살붙이 생각
골똘히 바람에 잠겨
흘러온 구름에 묻는

양코파리

숫양이 코 내밀고 기세등등 돌진한다
어린 양 무턱대고 아비를 따라 한다
뿔 아닌 콧구멍으로 바위와 맞짱 뜬다

내 뜻은 아니지만 큰 힘을 발휘한다
갈수록 솟는 패기 고개를 젓게 한다
바위가 무릎 꿇었다 비보잉 춤을 춘다

유상곡수연

바람에 등 떠밀려 뱉어버린 시어詩語들
화랑 법주 취한 혀는 물처럼 담담하여
낮술이 과한 날이면
허튼발을 딛는다

젖은 몸 비비대며 물살을 쓰다듬어
욕망을 좇아가는 낮은 곳을 탐하는 물
여태껏 갇힌 줄 모르는
물결만 일렁인다

비스듬히 기울어진 주인 잃은 빈 술잔
끓는 피 용솟음쳐 흘러가 주저앉은 곳
맞닿은 처음과 끝에
침묵이 홍건하다

곡주사*

만족할 줄 모르는 걱정 한 점 올리고
부딪치는 잔만큼 울고 웃던 새내기들
어설픈
탄식 한 상에
주전자 꺼이꺼이 운다

생각 밖의 생각은 여백이 너무 커서
암울했던 그 시절 울분을 소환할 때
젊은 날
깊은 사연에
막걸리 목이 쉰다

* 곡주사哭呪士: 대구 염매시장 막걸릿집 곡주사 할매식당(옛 성주식당).

흰여울 갯바위

죽도록 보고 싶어 애태운 이 있습니다
오래전 뜬금없이 이곳으로 떠밀려 와
젖은 등 기대어 쉴 곳 찾을 수 없습니다

왜 그래야 하는지 몰라서 맘 졸인 채
놓쳐버린 손으로 가슴을 치고 칠 뿐
오마니 옷자락인 양 파도를 그러안고

태풍이 불어도 그 아들의 아들이 와도
살아도 죽은 목숨 한 발짝 옴짝 못 해
숱한 날 뭍을 그리며 해무를 걷어봅니다

물의 지문

무엇으로 채울까 구쁘고도 호젓한 날
땅끝 바다 물속에 남몰래 쓴 나의 육필
살면서 어쩔 수 없이 한 번쯤 겪어야 할

한두 가지 숨겨놓은 못다 한 이야기들
끝없는 심연의 고통 발가락만 꿈틀거려
군자는 말이 어눌해 물속에 글을 쓴다

숨죽인 채 눈 감고 물의 숨결 더듬는다
간직하고 싶은 노래 아로새긴 음반처럼
물결을 어루만지는 나만의 삶의 흔적

이웃

찬 바람

드나드는 벽 없는

벌판에서

낮은 풀 저들끼리

어깨를 부대끼며

미미한

체온이지만

나누며 살아간다

눈부셨다

야생의 가시밭을 발가벗고 뒹굴었다

사막에서 길 잃고 지는 별 따 먹었다

순천만

갈대숲에서

질 때까지 해 봤다

댕바우
– 대왕암

발 없는 나는 아직 해야 할 일이 남아
어릴 적 잃어버렸던 말들을 토해낼 때
밀려와 나를 흔드는
물결이 꿈틀댄다

바람 말고 아무것도 가두어둘 수 없어
이슬에 옷깃 적시며 별빛 간혹 내려와
잠자는 나를 깨우는
피리 소리 듣는다

소중한 것은 모두 널브러진 폐선처럼
아무리 손 뻗어도 의지할 곳 없는 바다
바우는
용트림한다
동해가 요동친다

좀비의 하루

딸린 식구 많은 식당 억지로 닫아걸고

스스로 재갈 물고

묵언수행 그 먼 길

오늘도

어안이 벙벙한

내 입은 파업 중이다

스파이 돌고래*

눈웃음 생글생글 호기심을 염탐한다
물속 공포 잘 아는 겁 많은 사람 흉내
고난도 순치 요원의 재롱도 전술이라

제한된 테두리를 닳도록 들락거리며
발신 장치 지느러미 낙인찍힌 벨루가
칭찬에 굶주린 표정 핏기 잃은 입술로

철책 없는 바다 전선 머나먼 방생의 길
식탐이 속살 노리는 아모스의 낚싯바늘
번뇌의 파도 끝에서 책임감이 버겁다

* 스파이 돌고래: 러시아가 흑해 세바스토폴 해군기지에 군사훈련을 받은 '스파이 돌고래'를 투입한 정황이 포착됐다.

무창포

바다라고 왔는데 물 빠진 갯벌이다

바다는 어디 가고 얼빠진 나만 있네

빈 바다 불타고 있다

고스란히 재로 남아

나를 찾습메

딸랑, 황태 하나 놓고 딴전 보는 아즈바이
북어 한 마리 주고 제상 엎던 아재비도
배 갈려 속풀이 생태탕 부글부글 끓습둥

원산부두 오마니 해산기 부푼 배 속
무딘 칼에 잘린 살점 아가미 명란 창난
애간장 댕기지가루* 도가지** 속 곰삭아도

우리 가족 남을 위해 베풀며 살았다고
오나조*** 울 아바이 황태 덕장 헛떠나는데****
눈깔에 명태 껍질 붙은 나는, 나만 없습메

* 댕기지가루: 고춧가루.
** 도가지: 독.
*** 오나조: 오늘 밤.
**** 헛떠나다: 정신이 오락가락하다.

들메꽃

손나팔 만들어서 "새참 드시고 하세요"

아버지 크게 부르며 기다리던 들녘에

논두렁 밭두렁 타고

하늘 높이 오르던 꽃

헬리콥터 머니*

상처뿐인 날개로 댓바람에 쓸려 온 곳
초겨울 해수욕장 이름뿐인 펄 사장
내 날개 빼앗아 달고
꽁지 감춘 새를 쫓아

얼마나 더 버려야 새가 될 수 있을까?
똥물까지 게워내도 허공에 닿지 않고
새들은 긴 팔 휘저어
내 똥배 조롱한다

깡소주 나발 불며 올려다본 하늘 온통
사위어가는 노을 언죽번죽 새가 되어
가득히
하늘 가득히
쏟아지는 지폐 뭉치!

* 헬리콥터 머니: 경제용어. 경기 부양 정책으로, 헬리콥터에서 돈을 뿌리듯이 중앙은행에서 돈을 찍어 시중에 공급하는 것.

울돌목

일상의 난제들로 아득한 소용돌이
손 뻗어 휘감아 칠 어둠이 출렁이면
평상심 찾는다는 건
쉬운 일이 아니더라

순탄하지 않은 길 울먹울먹 살아가도
물은 결코, 한곳으로 흐르지만 않더라
가르쳐 주지 않아도
사는 법을 깨치더라

목울대 찢어져라 나약함을 보일 때
죽비 소리 철썩, 나고 침묵이 흐르더라
엄청난 불협화음도
거친 숨도 잦아들더라

세상사 공평하여라 물 수평 보는 거더라

관습에 얽매일까 귀에 못이 박히도록
물같이 살아야 한다
날마다 성화더라

구룡포 모리국수

아홉 용이 모디서 국시 면발 뽑는 날
하릴없이 파도가 거품을 맹글 드시
홍두깨 잔칫날이다
덩실덩실 춤을 춘다

호미곶 광장 가뜩 아 어른 모디들면
바람도 넘어 넘어 구만리 넘실넘실
우리는 머물 수 없는
주인 아닌 나그네

걸으면 다리 아프고 굶으면 배고픈 이
마카 다 모디 앉아 모리국시 묵을 때
끝없이
용오름 한다
그륵 속의 면발들

화진포

있어야 할 모든 것이 가고 없는 바닷가
반겨줄 줄 모르는 주인 잃은 별장 몇 채
찢어진
현수막 자모
이제야 훌훌 턴다

다녀간 발자국은 간단없이 남았는데
밀리고 밀리다가 발아래 죽는 파도
저무는
겨울 바다를
발가벗고 들락인다

야윈 바람 보듬고 오슬오슬 떠는 여인
멀어질수록 그리운 햇살 당겨 안으며
이화진
전설의 바다
여인 홀로 지킨다

등대

구만리 외딴 포구 껌뻑이는 불빛 아래
홀로 묶인 작은 배 외로움에 떠는데
파도가 얕잡아 보고 자꾸 뺨을 때린다

한 번쯤 소리 질러 대들 법도 하건만
작은 배 밤새도록 두 눈을 껌뻑껌뻑
태연히 구타당하며 먼바다만 바라본다

새롭게 되살려 낸 민족어와 정서의 맛과 깊이

이경철 문학평론가

"함부로/ 나는 너를/ 버릴 수 없다는 걸// 꿈속에도 잊지 않고/ 네 곁에 잠이 든다// 내 삶의 음지에서도/ 햇살처럼/ 오는 너"(「그림자」 전문)

재밌고 생생하게 읽히는 깨달음과 감동의 깊이

김재용 시인의 첫 시조집 『바람의 실체』는 쉽고도 깊다. 재밌다. 하여 시조의 읽을 맛을 주고 있다. 우리 민족 전통 정서인 폭넓고도 속 깊은 원願과 한恨을 오늘의 시로 참신하게 빚어내 돌려주고 있다.

『바람의 실체』에 실린 시편들은 시조의 정형에 충실하

다. 우리가 항용 쓰는 말의 맛을 잘 살리고 있다. 무엇보다 추상적이거나 관념적인 것들을 구체적으로 형상화해 드러내면서 어려운 것들을 쉽고 재밌게 보여주고 들려주려는 노력이 돋보인다.

맨 위에 인용해 놓은 시 「그림자」를 보시라. 행갈이는 자유시처럼 자유롭게 하면서도 3장 6구 45자 안팎의 시조의 정형에 충실한 단시조다. 해서 우리 민족에게 익숙한 운율과 기승전결起承轉結의 시상 전개, 그리고 어렵지 않은 시어들로 우리 가슴에 쉽게 안겨들지 않는가.

그러면서 가까이 다가가 합치되려 해도 그러지 못하는 우리네 그리움과 연정을 새롭고도 속 깊게 읊은 연시戀詩로 읽힐 수 있다. 또 우리네 어긋나는 꿈과 현실, 빛과 그림자 등 상반된 것들의 양쪽을 다 껴안고 있는 속 깊고 넓은 시로도 읽힐 수 있는 시 아닌가.

동구 밖 배회하는
나 닮아 삐딱한
달

외계를 떠돌다가

가는 길
잃었는지

기어코
따라와서는
창가에서 웃는다
—「시조」 전문

달을 소재로 한 단시조다. 차를 타든지, 어디를 걸어가든지 항상 따라다니다 집 창밖까지 와서 삐딱하게 뜬 달을 그대로 그리고 있다. 그러면서 그런 달과 시인 자신을 같이 보고 있는 시다.

그래서 제목을 그대로 '달'로 해도 되겠는데 굳이 '시조'로 달았다. 시인이 쓰는 시조도 그런 달과 같아서일 것이다. 정형의 형식을 그대로 따르면서도 '삐딱'하게 써야 구태를 벗어난 개성 있는, 참신한 시가 되는 것이 현대시조이기 때문이리라.

목 달아난 불상을 다듬던 거친 손길
제멋대로 굴러와 길을 막는 용바우

돌덩이 선잠 깨우는
눈먼 석공의 무딘 정

돌 북을 두들기면 공명이 생기는지
갈라진 틈새마다 꿈틀대는 돌 속 핏줄
만년필 마른 촉 끝에
잉크로 스며든다
—「쇄석술」 전문

'돌을 깨 다듬는다'는 제목처럼 석공의 기술을 소재로 한 두 수로 된 연시조다. 돌을 쪼는 석공의 무딘 정 소리에 초점을 맞춘 시다. 그 소리가 수수억년 잠든 돌덩이도 깨운다고 앞 수에서는 말하고 있다.

그러다 뒤 수에서는 그런 소리로 하여 돌덩이가 북이 되고 있다. 석공의 정이 북채가 되어 치는 그 소리는 돌에도 핏줄이 돌게 한다. 그렇게 목석같이 딱딱한 사물에도 실핏줄이 돌게 하는 석공과 돌, 너와 나의 '공명'이 최상의 쇄석술 아니겠는가.

그런 깨달음이 뒤 수 종장에서는 시상을 확 바꿔 "만년필 마른 촉 끝에/ 잉크로 스며든다"며 시 쓰기로 맺게 한다. 석공 최고의 쇄석술처럼 시 또한 대상, 세계와 공명하며 서로의 더운 피를 돌게 하는 것 아니겠는가.

야생의 가시밭을 발가벗고 뒹굴었다

사막에서 길 잃고 지는 별 따 먹었다

순천만

갈대숲에서

질 때까지 해 봤다

—「눈부셨다」 전문

'눈부시다'라는 형용사가 그대로 제목이 된 단시조다. 그런 형용사가 실제 시인의 행동으로 하여 동사로 역동적으로 읽히고 있는 시다.

왜 세상은, 시인의 행위는 눈부셨다는 것일까. 문명이 아니라 야생의 가시밭길을 발가벗고 뒹군 실제의 체험, 원체험 때문이다. 문명의 길 따라 걸은 것이 아니라 길도 없는 사막에서 길을 잃은 삶의 체험 때문이다. 단 한 번의 울림이나 깨침이 아니라 해 떠서 질 때까지 해를 봐온 영속성 때문이리라.

그런 원체험, 영속적인 체험이 있어야 목석에도 피가 돌게 할 수 있다. 시인도 감동한 그런 체험을 바탕으로 해야 독자들에게도 감동을 줄 수 있는 게 시 아니던가.

그런데도 원체험도 없이, 자신의 감동도 없이 단 한 번 감상을 시 문법에 올려 써지는 시편들도 많다. 그런 작금의 시단에서 원체험에 바탕 해 돌에도 피가 돌게 하는 석공의 절차탁마로 세계와 독자와 진정한 감동을 나누려는 김재용 시인의 시적 자세가 미덥다.

그녀의 긴 꼬리를 봤다는 구름의 말
체온을 느꼈다는 나뭇잎의 증언들
분명한
거짓말이거나
믿을 수 없다는 것

어리석은 마음에 간직한 변장술로
사내의 텅 빈 가슴 가득히 채우는

그녀의
배경은 아직
누구도 모른다는 것

강철을 녹여내는 뜨겁고도 찬 손길
부드러운 속삭임 앙칼진 손톱자국
도무지
믿을 수 없는
여기는 허공인 걸,
–「바람의 실체」 전문

눈에 보이지 않는 '바람'을 '그녀'로 의인화해서 감각적, 구체적으로 묘사하고 있는 세 수로 된 연시조로 이번 시조집 표제작이다. '바람'이나 '허공' 등 비가시적이고 추상적인 것을 구체적으로 살갑게 보여주려는 노력이 돋보이는 시로서 시집 전체를 이끌고 가는 힘이 있어 표제로 내세웠을 것이다.

첫 수에서는 '구름'이나 '나뭇잎'의 눈과 입을 빌려 바람을 묘사하고 있다. 물론 자연 삼라만상과 일체화가 된 시인의 감각을 빌려 보이지도, 잡히지도 않는 바람의 실체를 드러내려 한 시인의 의도에서다. 그렇게 바람을 다 드러내 보여주면서도 "믿을 수 없다"를 반복하며 비가시적 세계를 온전히 비가시적 세계로 돌려주고 있다. 둘째 수에서는 비가시적인 세계를 그리고 헤아리려 하는 것은 '어리석은 마음의 변장술'에 지나지 않음을 설파하고 있다. 우리네 가슴을 끝 간 데 없이 채우는 그런 한량없는 세계의 배후, 불가지론적인 세계는 굳이 헤아려 비루하고 좁게 할 필요는 없는 것이다. 셋째 수에서는 첫 수와 똑같은 시상과 구조로 나가며 수미쌍관의 완결감을 주고 있다. 그러면서 '바람'이나 '허공' 등 비가시적이고 불가지론적이면서도 우주 삼라만상을 운행하는 '허공'과 같은 도道의 속내는 상하지 않게 온전히 돌려주고 있다.

은둔의 나를 깨워 한적한 숲에 들면 비자나무 몇 그루 주인인 양 막아서네 텅, 비어 가득 넘치는 염불 소리 적막한데

비로자나불 멍하니 묵언수행 여념 없고 하안거 드신 주지승 기다리다 지쳤는지 구렁이 길게 목 빼고 와불처럼 누웠다

—「은적사隱寂寺」 전문

제목처럼 한가로운 숲속에 숨어 있는 사찰을 그리고 있는 두 수로 된 연시조다. 앞뒤 수 모두 행이나 연 나눔 없이 한 행으로 처리한 산문시 형태를 띠고 있는 시다.

절 이름 '은적'이라는 어려운 관념에 숨어 있는 불교 최고의 경지인 적막이며 적멸의 니르바나 지경을 생생하게 구체화하고 있다. "텅, 비어 가득 넘치는" 그 지경을 목탁이며 염불 소리, 길게 목 빼고 와불처럼 누워 있는 구렁이 모습 등 공감각적으로 실감 나게 하고 있지 않은가.

이처럼 김재용 시인은 이번 첫 시조집 『바람의 실체』에서 눈에 보이지 않는 관념적이고 추상적인 세계까지도 온몸의 감각을 동원해 살갑게 보여주려 애쓰고 있다. 시인이 실제 체험한 깨달음과 감동의 세계를 깊이 있으면서도 솔직하게 독자들과 함께 나누려 하고 있다.

전통 정서로 새롭고 속 깊게 들여다보는 오늘의 삶

싸라기별 하늘 가득 눈처럼 내리는 밤
한파의 높은 파고 고개 넘는 용대리

흙수저 움푹한 곳에
수수하게 담긴 눈

속엣것 다 비우니 텅 빈 하늘 가득 고여
잃었던 전설처럼 북명北溟의 살붙이 생각
골똘히 바람에 잠겨
흘러온 구름에 묻는
–「황태」 전문

한겨울 북풍한설에 명태를 말리는 강원도 인제의 황태덕장을 소재로 한 두 수로 된 연시조다. 앞 수에서는 설악산 산마루 아래 움푹 파인 듯한 덕장의 밤 풍경을, 뒤 수에서는 내장을 다 발린 채 덕장에서 말라가는 황태를 그리고 있다.

덕장과 황태의 꼭 필요한 부분만 압축해 적확하고 절절하게 그려내고 있는 솜씨가 대단하다. 앞 수가 아주 정확한 표면적 묘사라면 뒤 수는 황태와 하나가 된 시인의 속내, 내면적 묘사다.

최첨단 현대의 이 사이버 신유목시대에 황태와 물고기의 전설적 고향인 오호츠크 너머 저 북쪽의 거대한 바다

북명을 빌려 향수와 혈육들의 정을 자아내게 하는 시다. 그런 우리 전통적 소재와 정서, 그리고 그런 것들의 깊이를 다루면서도 감상에 흐르지 않아 참 개결하게 읽힌다.

국화주 담그시는 구절초 시린 허리

은비녀 머릿결에 서리 내린 어머니

모두가

잠든 새벽녘

맨발로 오시었네

–「상강霜降」 전문

서리가 내리기 시작한다는 절기 상강을 다룬 단시조다. 본격적으로 가을로 접어들며 귓불 시리게 내리는 서리에서 가을의 우주적 정서와 어머니에 대한 정을 개결하게 잡아내고 있는 군더더기 없는 시다.

"구절초 시린 허리"라는 절묘한 공감각적 묘사가 가을

의 정서를 개인 차원을 넘어 우주적으로 확산시키고 있다. 그런가 하면 "은비녀 머릿결에 서리 내린 어머니"라는 표현이 서리와 어머니 이미지를 절묘하게 결합시키고 있다. 그러면서 "모두가/ 잠든 새벽녘/ 맨발로 오시었네"라 맺은 종장이 근신하며 가족을 위해 애쓰는 어머니 모습을 더욱 개결하게 떠올리게 하는 시다.

손나팔 만들어서 "새참 드시고 하세요"

아버지 크게 부르며 기다리던 들녘에

논두렁 밭두렁 타고

하늘 높이 오르던 꽃

—「들메꽃」 전문

들녘에서 흔히 볼 수 있는 들메꽃을 소재로 해서 시인의 유년 시절과 아버지를 떠올리고 있는 단시조다. 조그만 나팔꽃 같은 들메꽃의 생김새에서 '손나팔'이 연상됐고 그때의 유년 시절로 매끄럽게 이어지는 시상의 전개

가 자연스럽다.

이렇듯 이번 시집에는 어머니나 아버지 등 가족과 고향 등 전통적 소재를 전통적 정서로 다룬 시편들도 눈에 많이 띈다. 그런 재래적이거나 전통적 소재를 다루면서도 시인은 고리타분하거나 억지스럽지 않게 원체험에 바탕 해 절절하게 다루고 있다. 무엇보다 압축·정련된 이미지로 생생하게 보여주려 애쓰고 있다.

> 왜가리 왼발 들고 갈까 말까 망설이는
>
> 휘어진 등 추스르며 걸어온 아버지 길
>
> 단절의 강을 건너는 비정규직 출근길
>
> –「징검다리」 전문

징검다리를 소재로 해 아버지와 비정규직이라는 실존의 세태를 떠올리고 있는 단시조다. 여울목 징검다리에 한 발로 선 왜가리 모습은 우리네 전통적 풍경이다. 그런 우리네 심중에 각인된 풍경 속에서 시인은 아버지를 떠올리고 비정규직이라는 오늘의 세태로 자연스레 흐르게 하고 있다.

현실주의 시편들의 부조리한 시대와 세상에 대한 고발 차원이 아니라 저 농부의 먼 시절부터 오늘에 이어지는 삶의 실존적 차원을 정서적으로 다루고 있어 울림이 크다. 까딱 잘못 디디면 물에 빠질 징검다리 같은, "단절의 강" 같은 현실에 망설이면서도 가족의 삶을 위해 "휘어진 등" 추슬러야 하는 실존의 현장, 그런 징검다리의 현장을 "비정규직 출근길"로 자연스레 이어가는 시적 기량이 돋보이는 시다.

산다화 지는 고개 요양병원 침대 난간
서부렁섭적 칠십 년 전 김밥 할매 피난길
손끝엔 봇짐만 덜렁, 코흘리개 간데없네

탯줄 같은 링거 줄 그 끝자락 더듬더듬
우리 아기 못 봤어요, 요만한 코흘리개
간병인 옷자락 잡고 애걸복걸 되묻네

쭈그렁 가슴을 열어 베갯잇에 물리고
아기인 양 자장자장 자장가 부르시며

어쩌다 되찾은 청춘 홍남부두 노래하네

–「비풍가悲風歌」 전문

요양병원에 입원한 김밥집 할머니를 통해 우리나라 여성들의 한을 노래하고 있는 세 수로 된 연시조다. 할머니의 모습을 있는 그대로 그리고 있는데도 참 슬프다. 그래 제목도 슬프디슬픈 노래 '비풍가'라 했을 것이다.

6·25전쟁 중 중공군 개입으로 인한 흥남 철수 때 피난오다 코흘리개 자식을 잃어버린 할머니. 그런 핏줄 같은 자식과 링거 줄이 자연스레 연결돼 있는 시다. 링거 줄에서 잃어버린 자식을 떠올리며 베개를 끌어안고 젖을 주는 노망든 할머니 모습을 그대로 그리면서 우리네 여인들의 한을 절절하게 펴고 있는 시다.

이렇게 이번 시집에는 우리 핏줄에 낯익은 재래 정서를 바탕에 깔고 있는 시편들이 참 많다. 아무래도 반만년 우리네 핏줄을 흘러온 가락과 정서가 담긴 시조 양식의 특성을 최대한 활용하기 위해 그랬을 것이다. 그러면서도 그런 전통의 재래 정서와 삶의 철학을 오늘의 삶에 새롭게 살려내고 있는 시집이 『바람의 실체』다.

낯익은 민족 정서로 서정화된 현실과 역사의식

한때는 시詩의 혁명 꿈꾼 적 있었겠지

바람이 불 때마다 나뭇가지 부여잡고

둔탁한 소리를 내는 속이 꽉 찬 통나무

백도 줄도 없었지, 벗겨낼 가죽조차

장군도 순교자도 아닌 나약한 시인이라

혁명은 심장에 있다 일깨우는 타악기

걸어서 닿지 못할 머나먼 혁명의 길

오롯이 몸을 비워 공명통이 된 켓 띠

그 노래 별빛이 거두어 우주에 흩뿌렸지

—「목어」 전문

통나무를 물고기 모양으로 깎아 속을 비워내 만든 악기가 목어木魚다. 절에서 의식 때 이것을 두들긴다. 그런 목어를 제목과 소재로 해서 세 수로 쓴 연시조다.

심장 등 내장을 다 제거당한 혁명 시인 켓 띠의 모습을 목어로 보고 있는 시다. 그래서 미얀마의 한 혁명 시인을 넘어 모든 사람이 어우러져 평화롭고 정의롭고 행복하게 사는 세상을 위한 혁명 정신을 우주적으로 확산시키고 있는 시로 읽을 수 있다. 좋은 시 또한 그렇게 감동의 울림을 확산시키는 '공명통' 아니겠는가.

한 움큼 뭉게구름 머리맡에 걸어두고
넌출넌출 땀에 젖은 눈물 어린 촉수로
하얗게 잊어버렸던 유년을 거슬러 간다

오름의 숨비소리 처음으로 듣던 날
슬프고도 허기진 남루한 옷을 벗고
숨겨진 나를 위하여 은밀하게 길을 낸다

변하지 않는 것은 대를 이은 가난처럼

아무리 손을 뻗어도 맨주먹과 빈손뿐
상처는 숨길 수 없이 파근한 슬픔인데

온전히 쓰지 않은 희디흰 발목으로
한 번도 가보지 않은 울퉁불퉁 가시밭길
저미는 아픔을 딛고 맨발로 길을 간다
-「곶자왈을 읽다」 전문

제주도의 울퉁불퉁한 용암지대에 난 정글을 소재로 한 네 수로 된 연시조다. 그런 정글 속을 걸으며 지구와 제주도, 그리고 시인의 유년 시절과 역사를 읽고 있는 시다.

첫 수에서는 곶자왈의 풍경과 그런 정글의 원시 풍경을 읽으며 지구와 자신의 유년에 촉수를 뻗고 있다. 둘째 수에서는 원시 정글 속의 길과 그런 길을 낸 심사를 읽고 있다. 그러다 셋째 수에 와서는 "대를 이은 가난", "맨주먹과 빈손", "상처"와 "슬픔" 등의 시어를 동원해 제주도 화산섬의 아픈 역사도 떠올리게 한다. 마지막 수에서는 그런 아픔을 딛고 치유하며 새 길을 내며 걷고 있다.

이렇게 김 시인은 시대와 역사의식에도 시의 촉수를 뻗치고 있다. 지난 연대 일부 민중시의 표피적인 이념과 고발의 메시지가 아니라 서정화된 현실 의식으로 공감을 한 지역과 시대를 넘어 보편적으로 확산시켜 가고 있다.

등짐도 카라반도 준비도 없는 여정
낡고 해진 신발로 돌아갈 길 지우며
주름을 잡고 걷는다, 주름을 펴며 간다

숱한 날을 태워도 추위만은 그러안고
덤불 속 헤쳐 나온 낮달을 보며 걷다
세상의 한복판에서 발걸음 질척거린다

구부러진 햇살을 그냥 볼 수 없었지
보송한 흙의 알몸 맨발로 탐한 죄로
술 취해 비틀거리는 허공을 걸어간다

비워도 비워도 슬픈 풀물이 들 것 같아
내 작은 집을 그리며 속울음 꾹 삼키고
바람의 모난 등 밟고 나의 길을 만든다
–「민달팽이 길」 전문

달팽이는 보통 등에 딱딱한 집이 있는데 그런 갑각이 없는 맨몸의 달팽이가 민달팽이다. 자립은 했어도 경제적으로 어려워 집이 없는 요즘의 젊은 세대를 가리키는 말이기도 하다. 그런 민달팽이를 소재로 해 네 수로 쓴 연시조다.

첫 수에서는 그런 민달팽이의 움직임, 보행을 묘사하고 있다. 초장부터 "등짐도 카라반도 준비도 없는 여정"이라며 그런 민달팽이 행보를 시인 자신의, 우리네의 실존 상황과 겹쳐지게 하고 있다. 둘째, 셋째 수에서는 시와 삶의 체험을 통해 실존 상황의 어려움을 토로하고 있다. 그러면서도 원체험을 갈구하고 또 원죄에 시달리는 시인의식도 드러나게 하고 있다. 그러다 마지막 수에서는 그래도 그런 원초적 삶의 길, 자신만의 삶과 시인의 길을 걷겠다 다짐하고 있다.

민달팽이와 시인 자신의 삶을 구체적인 이미지와 진술로 자연스럽게 이으며 고단하고 가난하지만 우리네 삶의 의미와 깊이를 들여다보게 하는 시다. 정제, 압축, 긴장된 여백 등으로 단시조에 능한 시인이 연시조로 길게 끌어가다 보면 자칫 느슨해져 실망감을 주기도 하는데 긴장되게 각 수를 끌고 가는 역량에도 믿음이 가는 시인이다.

해가 뜨는 날이면 드론 드론 뜨는 인기
경로당에 불려 갔다, 첫 대면에 불계승

동네가
확, 뒤집혔다
바둑판도 할배도

십팔 급 열 명 모여도 당해낼 장사 없다
안 하는 일 있어도 못 하는 일 없는 인기

어느새
방울토마토
방울방울 슬어놓고

노는 데 천재라고 농사일 못한다나
철없다 수군대도 동네 인기 독차지다

장가는
언제 드는지

처녀들 애태운다

–「AI 인기 귀농일기」 전문

인공지능 AI가 때와 날씨를 알아 농사짓고 드론이 씨뿌리고 농약도 치는 최첨단 농촌 세태를 보여주는 세 수로 된 연시조다. 그와 함께 신붓감 없어 장가 못 드는 오늘의 농촌문제도 떠오르게 하는 시다.

이 시를 이끌고 가는 것은 우리 민족의 속 깊고 폭넓은 마음이며 시조의 특장이기도 한 해학이다. 뿌리 깊이 내재돼 온 말놀이, 유희 정신이다. "드론 드론 뜨는 인기", "방울토마토/ 방울방울 슬어놓고"에 드러나듯 민족의 해학이 말놀이로 들어온 장르가 시조이기도 하다. 그런 유희 정신으로 오늘날 농촌 세태와 문제를 재미있게 다룬 시가 「AI 인기 귀농일기」다.

이처럼 이번 시집에는 오늘날 시대와 문제를 다룬 시편들도 적잖이 눈에 띈다. 메시지 위주로 한 번 읽고 흘려버리는 것이 아니라 시조 특유의 전통 소재와 정서로 다뤄 깊은 울림을 주고 있는 것이 여느 현실주의 시편들과 다르다.

감동의 체험으로 모든 걸 감싸고 재밌게 전하려는 해학

알전등 흐리멍텅한 서서집 미어터졌슈

벙개시장 끝자락 밤잠 설친 취업 백수 구질구질 비 오는 날 엉개벙개 벙개번쩍! 칠칠공사 빵끼통 목수 시다바리 미장이 데모도 도꼬다이 뺀지리 가납사니 이가네 목쉰 막걸리 목구멍에 물꼬 트면 장다리 겉절이 이모님 홍 사장 방수공사 부실해서 시도 때도 없이 비 온다며 부추전에 간 맞추고 흰소리 오줌발도 덩달아 비 오는 흉내 내고 풍년거지 가불 인생 주전자 꼭지에 용두질 가보잡기 대두리판 가오리홍정 도루묵 엉개벙개 가부시끼 주주총회 한창인데 불쑥 칼퇴근하라! 자바라 문 철커덕 닫히면 그 틈에 끼지 못한 난,

빗물에 발목 적시며 간판처럼 서 있슈

—「엉개벙개주식회사」 전문

건설 현장 일당 노동자 등 고단한 인생들 모두 모여 술을 마시는 허름한 선술집 풍경을 재밌게 다룬 사설시조

다. 잔소리 재밌게 늘어놓은 '사설辭說'이란 말답게 항간에 흔히 쓰이는 구어체 말소리가 참 재밌고 맛있는 시다.

제목으로 쓴 '엉개벙개주식회사'가 어떤 회사인지 뜻은 몰라도 '엉개벙개'라는 음상音相으로만도 재밌게 읽히지 않는가. 아무런 의미나 계산 없이 술자리에 모여든 심사가 그대로 읽히지 않는가. '술집'을 우스갯말로 '주酒식회사'라 부르는 해학이 음상에 그대로 묻어나지 않는가.

아무 뜻 없는 말, 뜻 모르는 삶이라도 그런 즉물적인 해학이 이끌고 있는 시다. 또 그런 해학이 우리 민족에게 '사설시조'라는, 시와 사설과 서사가 혼재된 장르를 낳게 하지 않았는가.

곰소항 바닷물은 물인 겨 소금인 겨
맙소사 천만 겹 강이어라 바다여라
거시기
끝내 못 봉께
퍼질고 앉았어라

변산은 반도 못 가 똥섬서 비 맞으야
목련꽃 한 잎 두 잎 시주허듯 흩는 참에

사천왕

당최 낯개리듯

노발대발 혀쌓네

허벌나게 비가 와서 절간에 깃들었지라

스님은 염불 않고 선禪 잠에 드셨능가

전나무

불경 왼다고

뗴로 서서 궁시렁대야

—「내소사」 전문

전북 부안 변산반도에 있는 내소사를 여행하며 세 수로 쓴 연시조다. 그곳의 토속어 구어체 맛을 살리며 해학이 재밌게 이끌고 있다. 그러면서도 서정과 깊이도 놓치지 않고 있는 시다.

바닷물이 짜기로 유명해 염전도 많았던 곰소항을 "물인 겨 소금인 겨"라며 그곳의 사투리로 재밌게 드러내고 있다. 돌이 수수억년 쌓이고 마모되어 마치 수만 장 책장처럼 펼쳐진 채석강은 "맙소사 천만 겹 강이어라 바다여라"라고 단숨에, 즉물적으로 표현하고 있다. 그런 채석강에서 수수억년의 아득한 의미를 읽으려는 것은 아예 작파해 버린다. '거시기'라는 실체며 진리는 괄호 쳐버리고 즉물적으로 퍼질러 앉아 지금 이곳의 현재를 즐기고 있다. 그래서 절에 들었으면서도 불법佛法이며 위없는 진리를 지키고 탐구하려는 '사천왕'이며 '염불'이며 '선' 등을 구시렁대는 소리쯤으로 돌리고 있다.

대신 "목련꽃 한 잎 두 잎 시주허듯 흩는 참에"라는 지금 여기의 현전現前의 실상을 서정적으로 봐내고 있는 시다. 철학이나 종교와 달리 시는 도를 탐구하고 깨우치는 것이 아니라 눈앞에 펼쳐진 현전의 세계를 같이 봐내고 즐기는 것이 아니던가. 까딱 잘못 디디면 천 길 나락으로 떨어질 말놀이며 해학을 잘 절제해 가며 한소식하고 있는 시로 「내소사」는 읽힌다.

그날 밤 달 이슬에 만취해 꿈속에서
잔 권하던 이백은 채석강에 입수하고
혼자서 어리석음에 오늘까지 취해 있다

취한 나를 깨우러 남장사 가는 길에
발가벗은 벚나무 산통 끝에 봄을 낳고

석장승 낮술에 취해 장진주 읊조린다

일주문 발목 잡고 왜 왔냐는 호통에
극락전에 백팔배 했는지 말았는지
취중에 이백기경도 알현하니 술이 깬다

취기는 간곳없고 선정에 든 모습으로
경황없다, 잉어 타고 달을 찾아 떠난다
그물에 걸리지 않는 천의무봉 바람처럼

–「남장사南長寺 이백기경도李白騎鯨圖」 전문

경북 상주 남장사 극락보전에는 주선酒仙이며 시선詩仙이었던 '이백이 고래를 타고 하늘로 올라간다李白騎鯨上天'는 글씨와 함께 그런 그림이 해학적으로 그려져 있다. 그 그림을 소재로 하여 네 수로 쓴 연시조다.

장안의 고관대작들은 물론 시정의 잡배들과도 스스럼없이 술로 호탕하게 어우러졌던, 물에 뜬 달을 건지려다 빠져 죽은, 하늘에서 이 땅으로 귀양 온 적선謫仙이 또 이백 아니던가. 그런 이백을 그린 그림을 보며 쓴 이 시 또한 거칠 것 없이 호방하다.

"벚나무 산통 끝에 봄을 낳고/ 석장승 낮술에 취해 장진주 읊조린다"등의 역설적 표현에선 불교 선시禪詩의 맥락도 느껴진다. 언어와 뜻의 "그물에 걸리지 않는 천의무봉 바람" 같은 언어도단言語道斷의 지경이 펼쳐지기도 한다. 그런 지경에 김 시인은 불법이나 종교적 차원이 아니라 이백과도 같은 술과 시로 이르려 하고 있다. 언어와 언어가 빚어내는 호방한 해학으로 말이다.

우리네 해학은 서양의 역설이나 풍자, 패러독스나 아이러니와는 차원을 달리한다. 논리적, 학술적 차원이 아니라 무장무애無障無碍한 우리네 삶의 실질적 체험에서 나와 공격적이지 않고 두루 감싸는 것이 해학이다. 우리네 전통 민족정신이기도 한 해학을 김 시인의 시편들은 잘 활용하고 있기도 하다.

이렇듯 김재용 시인의 첫 시집 『바람의 실체』에 실린 시편들은 우리 민족 전래의 언어와 정서와 정신을 잘 활용해 자신만의 새로운 시 세계를 세우려 노력하고 있다. 자신이 보고 듣고 체험하고 깨치고 감동한 것을 살갑고 생생하게 전하려는 시법詩法을 우리의 전통시인 시조로 모색하고 있다.

이게 현대시조는 물론 독자와 가까워지려는 모든 좋은

시들의 활로活路 아니겠는가. 그런 시의 활로로 더욱 정진하시어 큰 시인의 길 여시길 빈다.